DER NACHTHAFEN

Text: Franz Hohler
Bilder: Werner Maurer

Benziger

Schaut euch einmal dieses Haus an.
Wer würde denken, daß darin nur ein einziger Mann wohnt?
Niemand. Und doch ist es so. Wenn ihr zum Fenster hineinguckt, aus dem noch Licht kommt, seht ihr ihn.
Er ist ein alter Mann und heißt Onkel Paul.
Da sitzt aber noch jemand. Ja, das ist sein Neffe Josef. Er darf ein paar Tage zu Onkel Paul in die Ferien und ist gerade eingetroffen. Wir lassen sie jetzt noch eine Weile zusammen plaudern und kommen erst wieder dazu, wenn Onkel Paul seinem Neffen Josef das Gästezimmer zeigt, denn dort beginnt unsere Geschichte.

«Wieso steht hier ein Nachthafen?» fragte der Neffe Josef.
«Weißt du», sagte Onkel Paul, «hier oben gibt es keine Toilette. Wenn du nachts einmal aufstehen mußt, brauchst du nicht die Treppe hinunterzugehen, sondern kannst einfach diesen Nachthafen benutzen.»
«Danke», sagte der Neffe Josef, «ich muß nachts nie aufstehen.»

In dieser Nacht aber erwachte er plötzlich und mußte unbedingt auf die Toilette. Er war tatsächlich zu müde, um die Treppe hinunter zu steigen, und so setzte er sich eben auf den Nachthafen und tat, was man auf dem Nachthafen so tut. Kaum war das geschehen, erhob sich der Nachthafen in die Luft und flog mit dem Neffen Josef durch das offene Fenster davon. Erschrocken hielt sich dieser an den beiden Henkeln fest und sah, wie er immer höher stieg; weit unter ihm zogen die Lichtlein von Dörfern und Städten vorbei, und Wälder und Felder leuchteten matt im Mondschein.

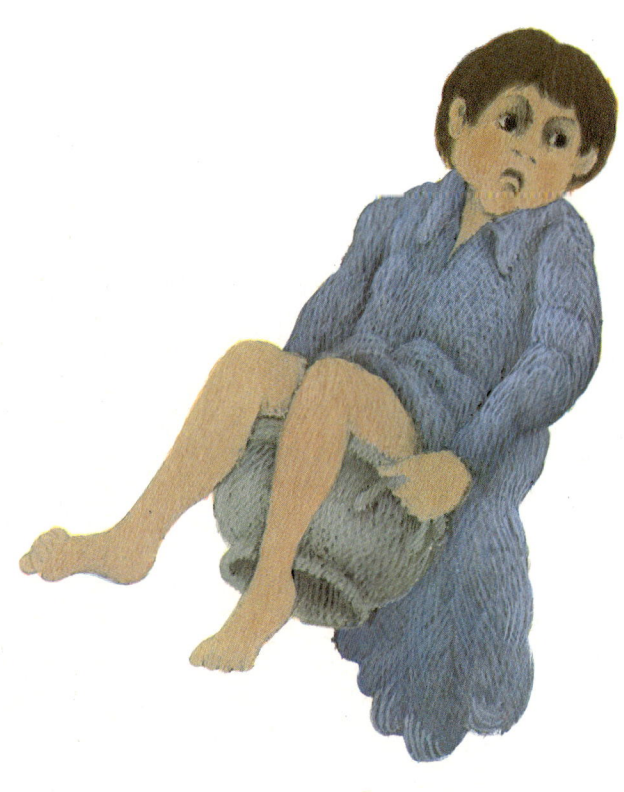

Nach einer Weile begann der Nachthafen langsam zu sinken, und der Neffe Josef merkte, daß er auf ein Schloß zuflog. Schon von weitem hörte er Trompetenstöße.

Nun sauste der Nachthafen mit ihm durch eine geöffnete Balkontür in einen hell erleuchteten Saal. In diesem Saal stand ein langer Tisch, an dem lauter Edelleute saßen und eine reiche Mahlzeit vor sich hatten.
Der Nachthafen setzte am Ende des Tisches auf und glitt der Länge nach über die ganze Festtafel, wobei Teller und Becher und Schüsseln nur so auf die Seite klirrten. Zuoberst am Tisch kam er vor einem großen Thron zum Stillstand.

«Es lebe der König!» rief die ganze Gesellschaft. Der Neffe Josef schaute sich um und sah keinen König.
«Es lebe der König!» riefen alle nochmals, und da wurde ihm klar, daß sie ihn meinten. «Gut», dachte er, verbeugte sich leicht zur Begrüßung und setzte sich auf seinen Thron. Den Dienern befahl er, den Nachthafen zu leeren und wieder zu bringen.

Dann griff er in die Schüssel, die vor ihm stand und schlug seine Zähne in einen knusprig braun gebratenen Hühnerschenkel. Dazu trank er einen Schluck aus einem goldenen Becher. Es mußte Rotwein sein, denn er schmeckte ihm nicht besonders, dafür freute er sich, daß man hier mit den Händen essen durfte.
Dazu spielten Musikanten auf und sangen Lieder in einer Sprache, die er nicht kannte, aber er klatschte lebhaft nach jedem Stück, worauf die andern alle auch klatschten und die Musikanten immer noch ein Stück spielten.

Als das Essen zu Ende ging, hörte man plötzlich einen Lärm im Schloßhof. Atemlos kam ein Diener hereingestürzt und meldete, daß fremde Soldaten vor dem Schloß stünden und es erobern wollten. Alle schauten fragend zum Neffen Josef auf dem Königsthron. «Verteidigt es mit allen unsern Soldaten!» rief dieser entschlossen. «Majestät», hüstelte ein schwarzgekleideter Mann, der in der Nähe saß, «wir haben nur drei Soldaten.» «Aha», sagte der Neffe Josef und dachte ein bißchen nach, während der Lärm unten anschwoll.

«Also, dann machen wir es so. Die drei Soldaten sollen in den Keller gehen und jeder ein paar Flaschen vom besten Wein holen. Dann sollen sie das Schloßtor aufmachen und die fremden Soldaten zum Trinken einladen.»
Mit großer Hast wurde der Befehl des Königs ausgeführt, und er begab sich auf den Balkon und blickte in den Hof hinunter. Als das Tor geöffnet wurde, sah er, daß die fremden Soldaten den Wein nicht wollten. «Wir müssen den König umbringen!» riefen sie und stürmten auf das Hauptgebäude zu.

Jetzt sprang der Neffe Josef schnell zu seinem Nachthafen, setzte sich darauf und flüsterte ihm zu: «Hopp, wieder zurück!» Aber oh weh, der Nachthafen tat keinen Wank. «Das kann doch nicht sein», dachte der Neffe Josef, «ich bin doch nicht König hier.»
In dem Moment wurde die Türe aufgestoßen, die fremden Soldaten traten herein und schauten sich nach dem König um. Bei ihrem Anblick schiß der Neffe Josef vor Schreck in den Nachthafen, und da erhob sich dieser sofort in die Luft und flog mit ihm durch ein Hinterfenster des Rittersaals davon.

Der Lärm im Schloß wurde immer kleiner, und schließlich wich er ganz der Ruhe der Mondnacht, die über Wäldern, Feldern und Dörfern lag. Wenig später landete der Nachthafen dort, wo er hergekommen war, im Gästezimmer von Onkel Paul.

Der Neffe Josef stand auf, streckte sich, gähnte und kroch wieder in das Bett, das noch warm war.
«Spannend ist es schon, wenn man einmal so etwas erlebt», dachte er, «aber es ist gut, wenn es nicht zu häufig vorkommt.»
Dann zog er sich die Decke bis unters Kinn und schlief herrlich und tief bis zum nächsten Morgen.

*Alle Rechte der Verbreitung, auch
durch Film, Funk und Fernsehen,
fotomechanische Wiedergabe,
Tonträger jeder Art und auszugsweisen
Nachdruck sind vorbehalten.*

© *1984 Benziger Verlag Zürich, Köln
ISBN 3 545 30050 1*